AF355981

VENTE DU LUNDI 10 JANVIER 1881

HOTEL DROUOT, SALLE N° 3.

JOLIE COLLECTION

DE

FAIENCES ANCIENNES

FRANÇAISES ET ÉTRANGÈRES

ÉMAUX DE LIMOGES

SCULPTURES — OBJETS VARIÉS

EXPOSITION PUBLIQUE

Le Dimanche 9 Janvier 1881

<table>
<tr><td>COMMISSAIRE-PRISEUR
Me CHARLES PILLET
10, rue de la Grange-Batelière.</td><td>EXPERT
M. CHARLES MANNHEIM
7, rue Saint-Georges.</td></tr>
</table>

CATALOGUE

D'UNE JOLIE COLLECTION

DE

FAÏENCES ANCIENNES

DES FABRIQUES DE

Rouen, Nevers, Moustiers, Marseille, Strasbourg, Delft et autres :

ÉMAUX DE LIMOGES

SCULPTURES EN BOIS ET EN IVOIRE

Miniatures, Objets variés

DONT LA VENTE AURA LIEU

HOTEL DROUOT, SALLE N° 3

Le Lundi 10 Janvier 1881.

A DEUX HEURES

Par le Ministère de Mᶜ **Charles PILLET**, Commissaire-priseur,
10, rue de la Grange-Batelière.

Assisté de **M. Charles MANNHEIM**, Expert, 7, rue Saint-Georges,

---

EXPOSITION PUBLIQUE, le Dimanche 9 Janvier 1881,

DE UNE HEURE A CINQ HEURES.

CONDITIONS DE LA VENTE

Elle sera faite au comptant.

Les adjudicataires payeront *cinq pour cent* en sus des enchères.

L'exposition mettant le public à même de se rendre compte de l'état des objets, il ne sera admis aucune réclamation une fois l'adjudication prononcée.

Paris. — Typ. PILLET et DUMOULIN, rue des Grands-Augustins, 5.

DÉSIGNATION DES OBJETS

FAIENCES DE ROUEN

1 — Bannette oblongue et à pans, à deux anses, décor
polychrome ; au centre, des fleurs ; au bord, compartiments de fleurs et quadrillages.

2 — Bannette oblongue à contours, à deux anses, décor
polychrome à fleurs, oiseaux et insectes. Elle porte le
monogramme P. F.

3 — Bannette oblongue à pans, décor bleu, rouille et
jaune, à cornes d'abondance et corbeille de fleurs, au
centre ; au bord, ornements et fleurs.

4 — Bannette de même forme, décor polychrome à ornements et guirlandes de fleurs au bord, et corbeille de
fleurs au centre.

5 — Grand plat rond, décor bleu à rosace réservée sur
fond couvert de rinceaux au centre, et ornements au
marli.

6 — Grand plat rond, décor polychrome à lambrequins
ornés et festons de fleurs au pourtour, et corbeille de
fleurs au centre.

7 — Deux plats oblongs arrondis à leurs extrémités en ancienne faïence de Sinceny, décor polychrome à fleurs, haies, oiseaux et chimère de style chinois au centre, et fleurs et feuillages au marli.

8 — Curieux plat rond, décor polychrome; au fond, scène d'atelier de peintre : singe faisant le portrait d'un chat. Le marli offre des fruits et des feuillages sur fond bleu foncé.

9 — Plat rond, décor bleu et rouille; au centre, une corbeille de fleurs; au marli, lambrequins ornés.

10 — Plat de forme octogone, décor polychrome; au centre, personnages chinois dans un paysage; au marli, ornements et armoiries.

11 — Plat rond, sans bord, en ancienne faïence de Sinceny, décor polychrome, pagodes chinoises, au centre; compartiments de fleurs et quadrillages au bord. Il porte au revers les initiales G. A.

12 — Plat rond sans marli, décor polychrome; au centre, corbeille de fleurs; au bord, ornements et festons de fleurs.

13 — Petit plat oblong à contours, décor polychrome; au centre, un cygne entouré de roseaux; au marli, couronne de fleurs.

14 — Plat de même forme que celui qui précède. Au centre, arbustes, fleurs et rochers; au bord, des ornements.

15 — Petit plat oblong à contours, décor bleu dans le goût des faïences de Moustiers.

16 — Petit plat de forme analogue, décor polychrome à la tulipe.

17 — Grand plat rond à bords festonnés, décor polychrome, couvert de fleurs au fond, et à compartiments de fleurs et quadrillages au marli.

18 — Plat rond, décor bleu à lambrequins ornés au fond et au marli, et fleurs au centre.

19 — Compotier octogone, décor bleu et rouille à lambrequins et bouquets de fleurs au pourtour, et corbeille au centre.

20 — Compotier à bords festonnés, décor polychrome au carquois, marqué **M. V.**

21 — Assiette en ancienne faïence de Sinceny, décor polychrome, paysage et pagode au centre; compartiments de fleurs et quadrillages. au marli. Marquée **G. M.**

22 — Assiette à bords festonnés, décor polychrome à bouquets de fleurs.

23 — Jolie assiette à bords festonnés, décor polychrome à la corne tronquée, et insectes.

24 — Assiette à bords festonnés, décor polychrome à la corne.

25 — Deux assiettes à bords festonnés, décor polychrome,
au carquois.

26 — Assiette à bords festonnés, décor polychrome ; au
centre, une corbeille de fleurs ; au marli, festons de
fleurs et ornements.

27 — Assiette à bords festonnés, décor polychrome ; au
centre, une corbeille de fleurs ; au marli, lambrequins
ornés et coquilles. Belle qualité.

28 — Assiette, décor polychrome ; au centre, une corbeille
de fleurs ; au marli, couronne de fleurs, feuillages et
grenades sur fond gros bleu.

29 — Assiette à bords festonnés, décor polychrome de
style chinois, personnages dans un paysage.

30 — Assiette à bords festonnés, décor polychrome en
plein, à vase de fleurs, insectes et médaillon de paysage, encadré d'ornements rocaille.

31 — Assiette à bords festonnés, décor polychrome à grand
cornet de fleurs, oiseaux et insectes. Collection Lefrançois de Rouen.

32 — Assiette à décor bleu, au centre, écusson armorié,
flanqué de deux cygnes et couronne d'ornements au
marli. Collection Lefrançois, de Rouen.

33 — Assiette, décor bleu et rouille à rosace et fleurs au
centre et fruits et feuillages au marli.

34 — Assiette décor polychrome de style chinois ; au centre, médaillon rond à paysage et figure ; au marli, compartiments de paysages avec entre-deux de fleurs sur fond filigrané rouge.

35 — Jolie assiette à décor bleu et rouille ; au centre, corbeille de fleurs reposant sur un lambrequin à rinceaux, au marli, lambrequins ornés et festons de feuillages. Belle qualité.

36 — Assiette analogue à celle qui précède. Le marli est décoré de corbeilles de fleurs.

37 — Assiette à décor bleu rayonnant et lambrequins ornés reliés par des festons de fleurs. Monogramme G.

38 — Assiette avec chiffre en bleu au centre et lambrequins à quadrillages en bleu et rouille au marli.

39 — Petit plateau octogone à bords relevés et festonnés et à deux anses torses ; décor bleu à corbeille de fleurs au centre et lambrequins au bord reliés par des festons de fleurs.

40 — Petite assiette, décor polychrome, attribué à Levavasseur, paysage. Collection Lefrançois.

41 — Couvercle de soupière de forme ronde à attache formée d'un serpent. Décor polychrome à ornements et corbeilles de fleurs. Monogramme M.

42 — Écritoire de forme lenticulaire, décor polychrome à fleurs et rochers. Collection Arosa.

43 — Porte-huilier de forme ovale, riche décor bleu et rouille à ornements, fleurs et quadrillages.

44 — Deux pots à tabac de forme cylindrique à couvercles plats décor polychrome de style chinois à fleurs, chimère et bordure quadrillée. Fabrique de Sinceny. Un des couvercles porte la marque **M**.

45 — Grande et belle écritoire à double étagère et à fronton, à mascarons en relief et décor de génie, fleurs, animaux et ornements en bleu et rouille.

46 — Pot à eau avec couvercle décor bleu et rouille, à ornements et festons de fleurs et zône de godrons simulés.

47 — Pot de pharmacie à goulot droit, décor bleu à ornements, oiseaux et feuillages, et portant les armoiries des d'Orléans.

48 — Sucrière en forme de vase, décor bleu à lambrequins et fleurs.

49 — Sucrière analogue à celle qui précède mais un peu plus petite.

50 — Deux caisses carrées à fleurs, décor bleu à lambrequins ornés.

FAIENCES DE NEVERS

51 — Grand plat rond, décor bleu, au fond, ronde villageoise autour d'un mai ; au marli couronne de fleurs et armoiries.

52 — Fontaine en forme de vase à anses et goulot à mascarons et décor bleu.

53 — Petite gourde de forme circulaire et aplatie à médaillons de paysage et fleurs sur fond marbré violet.

FAIENCES DE MOUSTIERS

54 — Petit plat oblong à contours, décoré au fond d'un médaillon en camaïeu jaune encadré d'ornements rocaille polychomes. Le marli offre des ornements.

55 — Assiette à bords festonnés de même décor.

56 — Cuvette ovale à bords festonnés, décor polychrome ; au fond, le triomphe d'Amphitrite encadré d'ornements et surmonté de génies tenant des drapeaux ; au bord, fleurs et insectes. Au revers, la marque d'Olery.

57 — Cuvette oblongue à contours, décor polychrome à festons de fleurs, ornements et génies représentant les saisons.

58 — Petit plateau à contours, décor bleu dans le goût de Bérain, avec chiffre au centre et ornements au bord.

59 — Assiette à bords festonnés decor polychrome dans le goût de Callot, à figures et fleurs. Marque d'Olery.

60 — Assiette à bords festonnés, décor polychrome, au fond, amours, vase et ornements rocaille, au marli, fleurs et ornements.

61 — Grand plat rond, décor bleu dans le goût de Bérain.

62 — Deux jardinières appliques de forme cintrée, à anses à mascarons et décor polychrome à fleurs.

63 — Cache-pot cylindrique, décor bleu dans le goût de Bérain.

64 — Assiette à décor bleu ; au centre, un chiffre couronné et ornements au marli.

FAIENCES DE MARSEILLE

65 — Assiette à bords festonnés, décor polychrome à paysage.

66 — Assiette à bords festonnés, décor polychrome à fleurs.

67 — Joli sucrier oblong avec plateau adhérent, décor polychrome dans le goût des porcelaines de Saxe à fleurs et paysages et bords à quadrillages sur fond rose.

FAIENCES DE STRASBOURG

68 — Grand et beau vase en forme de potiche, riche décor polychrome à bouquets de fleurs et armoiries. On lit sur une banderolle le mot : *Tabac*. Il est garni d'un pied et d'une gorge en bronze doré de style Louis XV.

69 — Trois assiettes à bords festonnés, décor polychrome à fleurs.

FAIENCES FRANÇAISES

DIVERSES

70 — Petit plat ovale en ancienne faïence de Bernard Palissy à cavité centrale jaspée et huit cavités au marli séparées par des cornes d'abondance.

71 — **Deux assiettes en ancienne faïence de Sceaux**, décor polychrome à fruits, feuillages et oiseaux.

72 — Jolie jardinière de forme cintrée en ancienne faïence de Lorraine, décor polychrome à paysage et marines.

73 — **Deux jardinières de même forme, décorées d'oiseaux** dans des paysages.

74 — Lion couché, en faïence de Lunéville, décor polychrome.

75 — Plat octogone en ancienne faïence de Lille, à décor bleu ; au centre, une corbeille de fleurs, au bord, ornements feuillagés et rinceaux. Il porte les initiales I. G. B.

76 — Plateau oblong à contours en ancienne faïence de Sceaux, décor polychrome à fleurs.

77 — Cartel porte-montre de forme monumentale, en ancienne faïence du Midi, décor polychrome et ornements en relief.

78 — Petite plaque en faïence verte à figure de Vénus en relief.

79 — Cafetière, pot à crème et sucrier en terre de pipe, à fleurs gaufrées en relief et décor polychrome.

FAIENCES DE DELFT

80 — Jolie assiette en ancienne faïence de Delft, à décor en bleu, rouge et or. Au centre, une corbeille de fleurs entourée d'ornements, et au marli lambrequins ornés. Marque A. P. K.

81 — Jolie assiette à décor bleu, rouge et or. Au centre, un médaillon groupe de pêcheurs, entouré de petits compartiments décorés d'animaux et de fleurs sur fond bleu. Au marli, une couronne de feuillages. Au revers, un G couronné et le nom de J. J. D. Vyver.

82 — Deux assiettes à décor bleu ; au centre, paysage et cours d'eau ; au marli, compartiments de fleurs et quadrillages.

83 — Deux petites plaques à contours et en largeur, décor polychrome à fleurs et oiseaux.

84 — Deux plaques en largeur à décor bleu ; au centre, des paysages, et au bord, des fleurs sur fond bleu.

85 — Plaque carrée, décor polychrome à fleurs.

86 — Deux groupes modernes : Vaches et paysans.

87 — Deux animaux en ancienne faïence de Delft : Vache et chèvre, décor polychrome.

88 — Deux burettes, décor polychrome à figures de style chinois.

89 — Deux petites mules, décor polychrome.

90 — Joli petit traîneau, décor bleu à médaillons de paysages sur fond couvert de fleurs. Collection du docteur Mandl.

91 — Beurrier, décor polychrome à fleurs et couvercle surmonté d'un lion assis et doré.

92 — Petite potiche de forme aplatie en ancienne faïence de Delft, décor polychrome à fleurs et oiseaux.

FAIENCES ÉTRANGÈRES
DIVERSES

93 — Fabrique d'Urbino. — Petit plat rond, décor polychrome représentant Abraham recevant la visite des trois Anges.

94 — Petite cruche à panse à côtes et anse à torsade, en faïence allemande, décorée de fleurettes et d'oiseaux en bleu sur blanc.

95 — Pot cylindrique en faïence allemande, décor polychrome à fleurs, ornements et paysages.

96 — Petit vase en forme de balustre à côtes en faïence allemande, décor polychrome de style chinois à fleurs, oiseaux et ornements.

97 — Petite cruche en grès de Flandre à ornements en relief émaillés bleu, gris et violet, et goulot à mascaron.

98 — Sucrier en faïence marbrée de Sarreguemines, de forme oblongue, à deux anses en S et couvercle surmonté d'un lion couché.

PORCELAINES

99 — Assiette en ancienne porcelaine de Sèvres, pâte tendre, à fleurs gaufrées en relief et fleurs peintes.

100 — Jolie assiette en ancienne porcelaine de Chine, décor polychrome et or à armoiries au centre, fleurs et ornements au pourtour et au marli.

101 — Deux petites caisses carrées en ancienne porcelaine du duc d'Angoulême, décorées de fleurs.

102 — Théière et son réchaud en poterie de Satzuma, décor polychrome à fleurs.

103 — Tabatière oblongue non montée en porcelaine italienne, à rosaces gaufrées à l'extérieur et paysage en camaïeu carmin à l'intérieur du couvercle. La boîte porte à l'intérieur l'inscription suivante : *Quà ci è polvere, Cosi noi diventeremo. S. H.* 1760.

104 — Sucrier sur plateau adhérent en ancienne porcelaine de Sceaux, décoré de fleurs.

ÉMAUX DE LIMOGES

105 — Petite plaque rectangulaire en hauteur. — Peinture en émaux de couleurs et rehaussée d'or. xvi⁰ siècle. Le Christ en croix, à droite saint Jean Népomucène, à gauche groupe de saintes femmes. Collection de Théïs.

106 — Petite plaque pouvant faire pendant à celle qui précède. Le Christ mort au pied de la croix et entouré de saints personnages. Collection de Théïs.

107 — Plaque rectangulaire en hauteur : Peinture en émaux de couleurs par *Jean Limousin* et portant les initiales I. L. séparées par une fleur de lis. Saint Jérôme.

108 — Plaque rectangulaire en hauteur. — Peinture en émaux de couleurs. Le Christ au jardin des Oliviers.

109 — Deux plaques rectangulaires en hauteur. — Peintures en émaux de couleurs sur fond noir par J. Laudin. Le Christ et la Vierge. On lit au revers : *Laudin Emaillieur à Limoges.*

110 — Plaque rectangulaire. — Peinture en émaux de couleurs signée au revers. *Pierre Nouailher.* Sainte Catherine vue à mi-corps.

111 — Plaque ovale. — Peinture en émaux de couleurs encadrée d'ornements en relief. — Saint Jean-Baptiste.

112 — Bénitier peint en émaux de couleurs, signé au revers. *J. Baptiste Nouailher émaillieur à Limoges.* Sainte Élisabeth de Hongrie faisant l'aumône à un pauvre.

113 — Râpe à tabac peinte en émaux de couleurs représentant le sujet de Judith et Olopherne.

114 — Quatre médaillons ovales peints en grisaille sur fond noir. Bustes d'empereurs romains.

SCULPTURES ET OBJETS VARIÉS

115-116 — Quatre jolis petits bustes d'hommes en buis sculpté à têtes grotesques et costumes du xviie siècle, sur socles en bois noir tourné. Ils seront vendus par deux.

117 — Joli cadre rectangulaire en hauteur en bois sculpté composé de vingt-quatre figurines d'anges en haut-relief tenant, la plupart, les divers instruments de la passion et dans le haut le Père Éternel vu à mi-corps. Joli travail du xviie siècle.

118 — Cadre analogue à celui qui précède, composé de dix-neuf figures d'anges musiciens. Mêmes travail et époque.

119 — Médaillon ovale en buis sculpté surmonté d'un chiffre et d'une couronne. Il renferme le buste de profil d'un prince palatin. Travail du xviie siècle.

120 — Médaillon rond en buis sculpté : Buste d'homme en bas-relief dans le style du xvie siècle.

121 — Cippe en ivoire sculpté en bas-relief de style antique. Prise d'une ville.

122 — Entrée de serrure et clef dont le panneton a la forme d'une grecque, la tête est formée d'enroulements à jour.

123 — Miniature sur ivoire, Portrait de femme, signée A. Roslin, 1811. Cadre en cuivre, velours et bois.

124 — Deux cadres italiens en bois sculpté et doré composés d'enroulements.

125 — Coffret oblong composé de six plaques en émail de Chine, décorées de fleurs.

126 — Petite boîte ronde en émail de Chine, décorée d'un sujet familier sur le couvercle et de fleurs au pourtour.

127 — Petite coupe ovale en émail de Saxe, décorée de fleurs et offrant au fond la représentation d'un valet de pique.

128 — Peinture sur pierre dure ; la Vierge dans sa gloire. Cadre à compartiments d'agate montés en cuivre. Travail italien.

129 — Petit cadre contenant onze peintures sur émail du temps de Louis XIII, représentant des sujets religieux.

130 — Grande miniature sur vélin représentant saint Georges terrassant le dragon, encadrée d'ornements

et de figurines de génies. Elle est signée : *Paulo Brame.*

131 — Grande miniature sur vélin : Arthémise. Cadre à moulures plaqué d'écaille.

132-133 — Quatre plaques en fer à bustes en relief. Travail moderne. François 1er, guerrier, et bustes de femmes.

134 — Olifant en ivoire sculpté à buste, mascaron et ornements. Travail moderne.